4 Mars 1897

VENTE HOTEL DROUOT, SALLE N° 6

LE JEUDI 4 MARS 1897

à deux heures et demie

TABLEAUX ANCIENS

ET

Sujets décoratifs

Me G. DUCHESNE

COMMISSAIRE-PRISEUR

6, rue de Hanovre. 6

M. Henri HARO

PEINTRE-EXPERT

14, rue Visconti et rue Bonaparte, 20

1897

5096. — Lib.-Imp. réunies, rue Mignon, 2, Paris

CATALOGUE

DE

TABLEAUX ANCIENS

ET

Sujets décoratifs

Gouache, Pastels

PAR

Fragonard, Greuze, Nicolas Poussin, Raoux, Hyacinthe Rigaud, etc.

DONT LA VENTE AURA LIEU

HOTEL DROUOT, SALLE N° 6

Le Jeudi 4 Mars 1897

à deux heures et demie

EXPOSITION PUBLIQUE

Le Mercredi 3 Mars 1897

d'une heure et demie à cinq heures et demie

Me G. DUCHESNE
COMMISSAIRE-PRISEUR
6, rue de Hanovre, 6

M. HENRI HARO
PEINTRE-EXPERT
14, rue Visconti et rue Bonaparte, 20

1897

CE CATALOGUE SE DISTRIBUE

A PARIS, CHEZ

Me G. DUCHESNE COMMISSAIRE-PRISEUR 6, rue de Hanovre, 6	M. Henri HARO PEINTRE-EXPERT 14, rue Visconti et rue Bonaparte, 20

CONDITIONS DE LA VENTE

Elle sera faite au comptant.

Les acquéreurs payeront *cinq pour cent* en plus du prix d'adjudication.

TABLEAUX

ADRIAENSSEN (Alex.)

1 — Le Garde-Manger.

Signé à gauche, sur le pied de la table.

B. — H., 0^m,44. L., 0^m,61.

BACKHUYSEN (L.)

2 — Marine.

B. — H., 0^m,34. L., 0^m,43.

BERCHEM (Nicolas)

3 — Nymphes surprises.

Au pied d'un monticule boisé, deux nymphes viennent de se baigner; surprises par des satyres, elles reprennent en hâte leurs vêtements. Au premier plan, plusieurs chèvres. Ciel nuageux; effet de soleil couchant.

Signé à gauche.

T. — H., 0^m,65. L., 0^m,61.

BOILLY (fils)

4 — Souvenir de l'expédition d'Égypte.

Signé à droite.

T. — H., 0^m,77. L., 1^m,15.

BONARIA

5 — Le Naufrage.

Plusieurs vaisseaux sont en péril. L'un vient de se briser sur les côtes; une barque contenant des naufragés cherche à s'approcher du rivage. Sur la gauche, au pied d'un rocher surmonté d'une tour, de nombreux personnages aident ou secourent des naufragés.

Signé à gauche sur une épave.

T. — H., 0^m,81. L., 1^m,45.

BONARIA

6 — La Cascade.

Signé en bas au milieu.

T. — H., 0^m,93. L., 0^m,70.

7 — L'Arbre mort.

Signé à droite sur le tronc de l'arbre.
Pendant du précédent.

T. — H., 0^m,93. L., 0^m,70.

BOSCH (Van)

8 — L'Atelier d'un peintre.

De nombreux accessoires et tableaux ornent l'atelier d'un peintre en train d'exécuter une *Sainte Famille* que l'on voit sur son chevalet. Des amis et amateurs visitent cet intérieur.

T. — H., 0^m,66. L., 0^m,82.

BOSCH (Van)

9 — L'Antiquaire.

Un enfant offre des fruits à l'antiquaire, qui pèse des pierres précieuses, assis auprès d'une table. Sa femme, debout près de lui, donne à manger à un perroquet. De nombreux objets et joyaux sont épars sur la table et à terre. Dans une pièce voisine, quelques personnes font de la musique.

Pendant du précédent.

T. — H., 0^m,66. L., 0^m,82.

BOUCHER

(École de)

10 — Le Coq prisonnier.

Dessus de porte.
Camaïeu rose.

T. — H., 0^m,69. L., 0^m,99.

CHARDIN

(Attribué à)

11 — Intérieur de cuisine. Nature morte.

T. — H., 0^m,38. L., 0^m,50.

COELLO

12 — Portrait d'un Religieux.

C. — H., 0^m,07. L., 0^m,06.

DROOGSLOOT (J.-C.) (?)

13 — Un Marché à Amsterdam.

T. — H., 0^m,73. L., 0^m,94.

DUGHET (Gaspard, *dit* Poussin)

14 — La Cascade ; paysage d'Italie.

T. — H., 0^m,60. L., 0^m,73.

DYCK (Van)

(École de)

15 — L'Ensevelissement.

C. — H., 0^m,41. L., 0^m,31.

*

FRAGONARD (Honoré)

16 — Le Rocher.

A gauche, un chemin montant et escarpé, gravi par des paysans et des bestiaux. Au centre, le rocher. A droite, un abreuvoir et, plus loin, une colline boisée. Ciel nuageux. Signé à gauche.

Vente Walferdin, nº 54 du catalogue.

T. — H., 0m,55. L., 0m,63.

17 — Les Laveuses.

Très beau paysage avec petites figures spirituellement touchées.

Ciel orageux.

Signé sur le linteau de la porte de la chaumière.

Belle peinture dans la manière de Ruysdaël.

Vente Walferdin, nº 7 du catalogue.

T. — H., 0m,38. L., 0m,48.

FRANCK le Vieux

18 — La Cène.

Dans un riche intérieur, autour d'une table présidée par le Christ, sont groupés les douze apôtres. Par une fenêtre ouverte on aperçoit un fond de paysage, et sur le côté une ouverture laisse voir une suite d'appartements.

Joli tableau très fin d'exécution. Daté sur des grands plats à droite et à gauche; d'un côté : Anno, et de l'autre côté : 1570 ou 76.

B. — H., $0^m,36$. L., $0^m,50$.

GORP (Van)

19 — L'Heureuse Famille.

T. — H., $0^m,24$. L., $0^m,36$.

GREUZE (J.-B.)

20 — Portrait d'Homme.

Il est représenté assis, retenant d'une main un livre posé sur ses genoux.

Forme ovale.

B. — H., $0^m,66$. L., $0^m,54$.

HAANSBERGEN (Jean van)

21 — L'Offrande à Bacchus.

B. — H., $0^m,49$. L., $0^m,75$.

HEEM (David de)

(École de)

22 — Nature morte.

T. — H., 0m,57. L., 0m,43.

HEEMSKERK

23 — Intérieur flamand.

B. — H., 0m,35. L., 0m,28.

HONTHORST (Gérard)

24 — La Tentation de saint Antoine.

Dans des ruines, saint Antoine est agenouillé et entouré de monstres de toutes sortes. Sur la gauche, une jeune femme, tenant un serpent à la main, cherche à tenter le saint.

De nombreuses figures fantastiques animent cette composition.

T. — H., 0m,57. L., 0m,84.

JOUVENET (?)

25 — **La Présentation au Temple.**

T. — H., 0^m,73. L., 0^m,52.

LARGILLIÈRE

(Attribué à)

26 — **Portrait d'Homme, époque Louis XIV.**

Il est représenté de face, coiffé d'une grande perruque blanche qui retombe sur le riche manteau bleu qui recouvre ses épaules.

T. — H., 0^m,81. L., 0^m,65.

LARGILLIÈRE

(École de)

27 — **Portrait d'un Magistrat.**

T. — H., 0^m,81. L., 0^m,65.

LIBERI (le chevalier Pierre)

28 — **Flore.**

Sujet décoratif.

T. — H., 0^m,70. L., 0^m,76.

MARCELLIS (Otto)

29 — Le Nid ; fleurs et papillons.

B. — H., 0^m,63. L., 0^m,52.

MALTESE (*dit* LE CHEVALIER MALTAIS)

30 — Fruits, Tapis et accessoires.

Sur une table, recouverte d'un tapis rouge broché et frangé d'or, se trouve un plateau contenant des fruits. A gauche, deux livres et une pendule sont placés sur un meuble. A terre, sur un coussin, on voit un collier, diverses pièces d'orfèvrerie et accessoires.

T. — H., 1^m,21. L., 1^m,70.

31 — Armes et Armures.

Sur un meuble, en partie recouvert d'un tapis jaune broché or, sont placés pêle-mêle un coussin, une épée, une écharpe, un brassard et un casque surmonté de plumes de couleurs. A terre on voit les autres pièces d'une riche armure, ainsi qu'un tambour sur lequel est jetée une bannière.

Pendant du précédent.

T. — H., 1^m,21. L., 1^m,70.

MAZZUOLI (*dit* LE PARMESAN) (?)

32 — Moïse sauvé des eaux.

T. — H., 0^m,90. L., 0^m,82.

MEULEN (VAN DER) (?)

33 — Portrait de Louis XIV à cheval.

T. — H., 0^m,87. L., 0^m,73.

MOLENAER (?)

34 — Intérieur de cabaret flamand ; le violoniste.

B. — H., 0^m,44. L., 0^m,67.

MOMPER

35 — Le Chemin dans la montagne.

T. — H., 0^m,45. L., 0^m,72.

MONNOYER (J.-B.)

36 — **Vase de fleurs et Perroquet.**

T. — H., 0^m,86. L., 0^m,75.

MONNOYER (J.-B.)

37 — Le Colombier.

Par l'ouverture d'un encadrement de fleurs on aperçoit un paysage composé en partie de chaumières et de bois. A droite, un colombier et, au milieu de la composition, trois colombes sur un perchoir. En bas, on lit : Jean-Baptiste Monnoyer. Versailles, An° 1680.

T. — H., 0^m,76. L., 0^m,63.

POTTER (Paul)

(Attribué à)

38 — **Le Cheval blanc.**

B. — H., 0^m,22. L., 0^m,32.

POUSSIN (Nicolas)

39 — La Mort de Germanicus.

Germanicus est étendu sur son lit, près de succomber; près de lui, on voit son épouse désolée et ses trois enfants, dont le plus jeune est dans les bras de sa nourrice. Plusieurs soldats, ses amis fidèles, se tiennent autour de lui; il leur montre de la main sa famille et semble la placer sous leur sauvegarde.

T. — H., 1^{m},35. L., 1^{m},92.

POUSSIN (Nicolas)

(Attribué à)

40 — Saint Paul monte au ciel soutenu par des anges.

B. — H., 0^{m},47. L., 0^{m},36.

RAOUX (Jean)

41 — Portrait de Femme.

Elle est représentée vêtue d'une robe rouge garnie de fourrure, venant de rendre la liberté à un oiseau qu'elle tient sur son doigt. Près d'elle, sur une table, on voit la cage ouverte.

T. — H., 0^{m},81. L., 0^{m},65.

RIGAUD (Hyacinthe)

42 — **Portrait de Charles-Louis-Auguste Foucquet de Belle-Isle, duc de Gisors, prince du Saint-Empire, pair et maréchal de France.**

Il est représenté vu de trois quarts, la tête tournée vers la gauche. Un grand manteau rose l'enveloppe, laissant voir son armure sur laquelle se détache le grand cordon du Saint-Esprit. Ses deux mains sont appuyées sur son bâton de commandement, près duquel est posé son casque. Dans le fond, un épisode de bataille.

T. — H., 1^m,39. L., 1^m,05.

RIGAUD (J.-B.)

43 — **Portrait d'Homme en cuirasse.**

Forme ovale.

T. — H., 0^m,55. L., 0^m,46.

RUBENS

(École de)

44 — **La Vierge et l'Enfant Jésus.**

B. — H., 0^m,85. L., 0^m,66.

TÉNIERS

(École de)

45 — **Grande Kermesse à Bruxelles.**

Cette composition est animée d'une multitude de petites figures.

T. — H., 0^m,82. L., 1^m,17.

46 — **La Madeleine dans la grotte de la Sainte-Baume.**

T. — H., 0^m,52. L., 0^m,43.

TIEPOLO (?)

47 — **Moïse sauvé des eaux.**

La fille de Pharaon, vêtue d'un riche costume et suivie de ses servantes, se fait présenter le petit Moïse qui vient d'être retiré de son berceau.

Sujet décoratif.

T. — H., 0^m,68. L., 0^m,97.

48 — **Éliézer et Rébecca.**

Éliézer, accompagné d'une suite nombreuse, offre un collier à Rébecca appuyée à la fontaine.

Pendant du précédent.

T. — H., 0^m,68. L., 0^m,97.

TOUSSAINT

49 — Portrait de Femme.

T. — H., 0m,73. L., 0m,60.

TOUZÉ (J.)

50 — La Présidente Tourvel.

Composition tirée des *Liaisons dangereuses*.

Dans un lit, une jeune femme couchée remet, avec un geste d'effroi, une lettre à une soubrette debout. Dans le fond, une religieuse semble attendre une réponse. Au premier plan, à droite, une femme assise dans un fauteuil.

Très beau dessin à la gouache de forme ovale.

A été gravé par R. Girard. Fait suite aux trois pièces de Lavreince, tirées du même roman.

T. — H., 0m,33. L., 0m,27.

TRINQUESSE (J.)

51 — Portrait d'Homme, époque de la Révolution.

Il est représenté assis, accoudé sur une chaise, tenant un livre de la main droite.

T. — H., 0m,65. L., 0m,54.

UDEN (Luc van)

52 — Paysage.

On aperçoit une grande vallée entre de hautes montagnes. Sur la gauche, un mendiant s'approche de trois cavaliers pour leur demander l'aumône.

B. — H., 0^m,58. L., 0^m,85.

VALLIN

53 — Le Bain.

T. — H., 0^m,40. L., 0^m,30.

VERSCHURING (H.)

54 — Halte de Bohémiens.

Signé à droite.

T. — H., 0^m,46. L., 0^m,40.

WATTEAU

(École de)

55 — Danse champêtre.

Au milieu d'un parc, de nombreux personnages se livrent aux plaisirs de la danse ou de la conversation.

T. — H., 0^m,97. L., 1^m,30.

56 — Comédiens italiens dans un parc.

T. — H., 0^m,46. L., 0^m,38.

WOUWERMANN (Pierre)

57 — Le Cheval emballé.

Des chasseurs viennent d'arriver au bord d'une rivière ; un cheval emballé renverse une laitière et jette l'effroi parmi des paysans que l'on voit dans une charrette.

T. — H., 0^m,76. L., 0^m,89.

WOUWERMANN

(École de)

58 — Le Camp.

T. — H., 0^m,54. L., 0^m,60.

ÉCOLE FLAMANDE

59 — Le Festin.

T. — H., 0^m,81. L., 1^m,00.

ÉCOLE FRANÇAISE

60 — Ruines. Paysage avec figures et animaux.

Sujet décoratif.
Dessus de porte.

T. — H., 1^m,14. L., 0^m,97.

61 — Berger et son troupeau.

Sujet décoratif.
Dessus de porte.

T. — H., 0^m,91. L., 1^m,26.

ÉCOLE FRANÇAISE

62 — Jeux d'Enfants.

Cinq dessus de portes.

T. — H., 1^m,10. L., 1^m,17.

63 — Portrait de Femme.

Vêtue d'une robe blanche, la tête recouverte d'un voile, elle est représentée assise, le bras droit appuyé sur un clavecin. Dans ses mains elle tient ouvert un livre de musique.

T. — H., 0^m,81. L., 0^m,65.

64 — Portrait de Femme, époque Louis XIV.

Forme ovale.

T. — H., 0^m,64. L., 0^m,54.

65 — Portrait de Jeune Femme.

T. — H., 0^m,60. L., 0^m,50.

ÉCOLE FRANÇAISE

66 — Jeune Fille au tambourin.

T. — H., 0m,60. L., 0m,50.

67 — Le Champ de blé.

T. — H., 0m,34. L., 0m,47.

68 — La Marchande de plaisirs.

C. — H., 0m,14. L., 0m,17.

69 — Le Mendiant.

Pendant du précédent.

C. — H., 0m,14. L., 0m,17.

70 — Portrait de Femme.

Pastel.

71 — Portrait de Femme.

Pastel.

ÉCOLE ITALIENNE

72 — Portrait présumé de Catherine de Médicis, en costume de veuve.

Elle est représentée debout, tenant un papier dans la main gauche et la droite appuyée sur une table où est placée sa couronne.

T. — H., 1^m,98. L., 1^m,17.

73 — Portrait d'une duchesse de Toscane et de son fils.

T. — H., 1^m,45. L., 1^m,17.

74 — Samson et Dalila.

75 — Sujet biblique.

Deux sujets décoratifs.

T. — H., 1^m,28. L., 1^m,17.

76 — Jacob chez Laban.

77 — Éliézer et Rébecca.

Deux sujets décoratifs.

T. — H., 1^m,28. L., 1^m,17.

ÉCOLE ITALIENNE

78 — Pan instruisant une Nymphe.

79 — Diane et Endymion.

Deux sujets décoratifs.

T. — H., 0m,92. L., 1m,54.

80 — Flore.

81 — Mars.

Forme ronde.
Cadres en bois sculpté.

T. — H., 0m,69. L., 0m,69.

82 — L'Enfant à la toupie.

T. — H., 0m,65. L., 0m,48.

ÉCOLE ITALIENNE

83 — La Toilette de l'enfant.

T. — H., 0m,43. L., 0m,30.

84 — Sous ce numéro seront vendus les tableaux non catalogués.

5096. — Lib.-Imp. réunies, rue Mignon, 2, Paris.

www.ingramcontent.com/pod-product-compliance
Ingram Content Group UK Ltd.
Pitfield, Milton Keynes, MK11 3LW, UK
UKHW021037260726
13994UKWH00005B/2212